AF576342

21 bis, rue des écoles, 75005 Paris

www.lesimpliques.fr
contact@lesimpliques.fr

ISBN : 978-2-343-13021-7
EAN : 9782343130217

Les Rendez-vous du 5-7-5

Les impliqués Éditeur

Structure éditoriale récente fondée par L'Harmattan, Les Impliqués Éditeur a pour ambition de proposer au public des ouvrages de tous horizons, essentiellement dans les domaines des sciences humaines et de la création littéraire.

Déjà parus

Buisson (Georges), *Un si joli village ou le combat d'Aimée,* roman, 2017.

Anglade (Pierre), *La stratégie du saumon, suivi de Fragments critiques à l'usage du dernier des Mohicans*, 2017.

Von Bülow (Katherina), *La gardienne*, 2017

Tabary (Bernard), *L'Autre Rive*, 2017.

Ngouloubi (Malachie Cyrille Roson), *Le soleil des élites*, poèmes, 2017.

Benayad (Zohra), *Le rebelle*, récit, 2017.

Konan Kibbou (Séraphin), *Syndicalisme et rêve d'émergence,* 2017.

Ratcliffe (Gabrielle), *Caliculette ou la farce du pouvoir,* 2017.

Cerveau (Stéphane), *Les racontars de Sam le Bavard, Contes féériques,* 2017.

Maombi Mushi (Fabien), *Comptabilité et gestion budgétaire*, essai, 2017.

Ces dix derniers titres de ce secteur sont classés par ordre chronologique en commençant par le plus récent.
La liste complète des parutions, avec une courte présentation du contenu des ouvrages, peut être consultée sur le site :
www.lesimpliques.fr

Kukaï de Lyon

Les Rendez-vous du 5-7-5

Haïkus du Kukaï de Lyon

Les impliqués Editeurs

Le groupe du Kukaï de Lyon s'est réuni pour la première fois à l'automne 2007. Depuis lors, dix-sept séances se tiennent chaque année, de septembre à juin, animées par Jean Antonini, Danyel Borner, Patrick Chomier ou Hélène Massip, avec des participants fidèles.

En 2012, sur une proposition de Christian Lherbier, le groupe a décidé de réaliser un livre pour évoquer ces rencontres. Une équipe de rédaction constituée de Jean Antonini, Jacques Beccaria, Danyel Borner et Catherine Guillot s'est réunie de 2013 à 2015 pour réaliser les pages que vous allez lire.

OUVERTURE

Le terme japonais *kukaï* utilisé en français désigne deux choses :

- un groupe de poètes de haïku qui se réunit régulièrement, le Kukaï de Lyon, par exemple ;
- une manière de tenir une réunion de poètes de haïku consistant à écrire des haïkus, les lire, les choisir et les commenter selon une procédure établie par les poètes japonais.

On dit : « faire un *kukaï* ».

Au Japon, ce type de groupe et de réunion est un des lieux essentiels de l'écriture du haïku et de sa transmission. Il permet de se réunir autour de cet objet – le haïku – dont la forme et l'usage appartiennent à tous. Le *kukaï* est un lieu de développement social pour l'écriture et la poésie. Il donne aussi l'occasion, par l'intermédiaire de l'animateur, d'entendre les avis d'un poète confirmé et de progresser ainsi dans l'appréhension du poème et de ses caractéristiques.

Procédure du *kukaï*

1. Engager ses haïkus

a) L'animateur distribue à chaque participant trois papiers (format A6). Appelons ces papiers : « Billets-haïku ».

b) Chacun remplit ses 3 billets-haïku (en copiant 3 haïkus) 1 sur chaque billet, lisiblement, sans marque distinctive ou nom d'auteur.

c) Les billets-haïku complétés sont rendus à l'animateur qui les mélange.

2. Rendre les haïkus anonymes

a) L'animateur distribue individuellement une feuille A5 colorée et 3 billets-haïku.

b) Chacun numérote sa feuille A5 colorée en haut à droite et copie lisiblement les 3 haïkus reçus, l'un au-dessous de l'autre, en respectant la présentation de chaque texte.

c) Chacun se trouve ainsi en possession d'une feuille numérotée (entre 1 et 10 avec 10 participants) comportant 3 haïkus complètement anonymes.

3. Choisir des haïkus

a) Chaque participant doit choisir ses 3 haïkus préférés.

b) On fait tourner les feuilles A5 numérotées pour un tour complet.

c) Chacun copie sur une feuille blanche séparée les haïkus appréciés et le numéro de la feuille A5 qui correspond.

d) Chacun conserve un choix de 3 haïkus sur sa feuille blanche.

4. Lire et commenter les haïkus choisis

a) L'animateur appelle le premier participant à lire les haïkus choisis (lecture à la japonaise, deux fois).

b) Pour chaque haïku lu, il demande qui a choisi ce même haïku.

c) Il note le haïku et le nombre de participants qui l'ont choisi.

d) Il demande à chacun de commenter son choix.

e) Il demande à l'auteur de se révéler et de faire son propre commentaire.

5. Bilan et publication

a) L'animateur relit les haïkus choisis par le Kukaï,

dans l'ordre du nombre de choix reçus décroissant, en l'indiquant, ainsi que le nom de l'auteur.

b) Il en fera la publication sur une liste d'échange, un site, une revue.

Images du Kukaï

Conspirer

S'asseoir autour d'une table, comme pour un repas, partager mots, phrases, poèmes, a toujours été pour moi un moment merveilleux. Je me suis arrangé dans ma vie pour m'adonner à ce plaisir aussi souvent que possible.

Le Kukaï de Lyon a commencé à quatre : quatre conspirateurs en écriture rassemblés sous une lampe de chevet, dans le coin d'un vaste salon de réception, obscur en hiver, prêté par les éditions Aléas. Cette année-là, nous fûmes seulement 4... ensuite 9, puis 12 et 20. À chaque étape, des sensations bien différentes : et toujours le plaisir d'écrire et de partager l'amitié.

Jean Antonini

Sept-à-neuf pour un 5-7-5

Hiver 2007. Les jours ne demandent pour croître qu'un peu de sève... Lustre à pendeloques, balcon sur le Rhône, le grand salon des Éditions ALEAS accueille avec faste notre petit comité. Couloirs labyrinthiques, piles de revues et livres, l'ensemble est chichement chauffé par un poêle en veille. Près de cette source tiède, sous le halo d'une unique lampe à abat-jour projetant des ombres fantomatiques, nous nous installons. Intimité de comploteurs. Jean éclairant notre curiosité, nous découvrons, Richard, Alain et moi, une grammaire poétique et un vocabulaire enrichi de consonances japonaises.

Nouveaux rivages
faire le tour de l'archipel
5 7 5

Sandrine, qui m'invita dès 2006 à partager un atelier d'initiation haïku, nous rejoint la saison suivante. Début 2009, Catherine, Christian, Denise, Patricia, Patrick, Hélène... À l'issue du Festival AFH 2010 se déroulant à Lyon, nous sommes une vingtaine d'inscrits, joutant en *kukaï* convivial avec une animation alternée à trois ou quatre personnes. Atelier créatif et récréatif, cette découverte s'est transformée pour une bonne part d'entre nous en véritable passion.

Danyel Borner

Mon *kukaï*

Corvée de ville
chercher une place – arriver
nos amis sont là

On va parler, beaucoup, écrire pendant vingt minutes ou une demi-heure, parler encore et rire.

Après un exposé, une discussion, une lecture ou une découverte de textes, d'images ou même d'objets, silence face à nos papiers blancs ; je gribouille des bouts de phrases, des mots solitaires et regarde la tête des autres. Il y en a un, toujours un, qui a déjà écrit une page entière, on reconnaît ensuite facilement son écriture au feutre noir. Veinard !

D'un coup, 3 lignes viennent de je ne sais où avec la surprise de l'évidence : voici un haïku.
Le deuxième est laborieux ; le meilleur mot à la meilleure place, le meilleur enchaînement et la redoutable troisième ligne. Je lève encore les yeux et le stylo, puis y retourne.

Je ne me demande plus depuis longtemps comment je suis arrivée là et pourquoi j'y prends tant de plaisir. Un enchaînement de circonstances : un stage d'écriture de nouvelles, un animateur qui nous parle d'un livre de haïkus, la lecture de ce livre, son utilisation en classe, une invitation au récent Kukaï de Lyon m'y ont menée ; le plaisir d'apprendre et la frustration de ne toujours pas savoir m'y retiennent.

Catherine Guillot

Plusieurs années durant, j'ai participé à un atelier d'écriture animé par Jean Antonini. L'esprit accaparé, trop occupé par mon travail, je ne pouvais pas écrire un texte dans la durée.

« Tu devrais essayer d'écrire des haïkus, me propose Jean, ce sont des poèmes courts de trois lignes originaires du Japon. » Je lui réponds que je ne suis pas attiré par la poésie.

Quelques années plus tard, lors d'un atelier d'écriture, Jean apporte des livres dont *Anthologie du haïku en France*. Je suis séduit par ces petits textes courts, sobres, denses, efficaces, parfois puissants...

Suite à un courriel de Jean annonçant la rentrée du Kukaï de Lyon, j'intègre le groupe en 2009. J'apprécie ce groupe qui ne se prend pas au sérieux mais qui fait, dans la bonne humeur, les choses sérieusement.

Christian Lherbier

Châtaignes brûlantes
et tendres dans la bouche
douceur de septembre

Ma prise de contact avec le Kukaï de Lyon eut lieu en septembre 2010 quand l'Espace Lyon-Japon de Villeurbanne proposa une initiation au haïku. Jean Antonini et Danyel Borner animaient cet atelier. J'ai aimé tout de suite écrire des haïkus. Depuis ce moment entre *kigo*, *kireji* et cinq-sept-cinq, j'ai navigué dans le groupe avec plaisir et curiosité, au fil des saisons, avec les pertinentes propositions des animateurs et de beaux éclats de rire allégeant nos efforts.

Dans deux jours l'été
la canicule s'efface
nuages nuages

Pascale Drivon

Un atelier d'écriture de haïku à l'Espace Lyon-Japon animé par Jean Antonini suscite mon intérêt et me voilà embarquée.

Ligne d'horizon
courbure de l'infini
disparaît la mer

Pour le 4e Festival de Haïku Francophone de Lyon, je débarque. Et voilà comment je découvre le Kukaï de Lyon. De ma pratique solitaire, je passe à une pratique à plusieurs.

Mots feux-follets
mille petites clartés
lieu de création

Jocelyne Serre

Kukaï

Pourquoi écrivez-vous ? demandaient les surréalistes. On pourrait ajouter : Pourquoi vous réunissez-vous ?

On se retrouve au *kukaï* (prononcer « coucaille ») deux fois par mois, le jeudi de 19 heures à 21 heures. On écrit des haïkus, des tercets qui ressemblent à des haïkus, on essaie des formes poétiques venues du Japon en les adaptant à nos habitudes francophones, en respectant plus ou moins les règles. On écrit, on lit, on commente, on critique, on corrige, on récrit, on discute ou on se dispute, et parfois, on mange et on boit.

Ça peut ressembler aux jeux surréalistes pour la fantaisie, aux travaux de l'Oulipo pour les contraintes, ou encore aux émissions littéraires de France Culture pour les bons mots et cette légère distance qu'on entretient avec les choses ; mais c'est aussi l'atelier d'écriture pour scolaires ou personnes âgées, et l'atelier, par définition, c'est laborieux :

on n'écoute pas les consignes ou on ne les comprend pas, on coupe la parole et tout le monde parle en même temps… Le *kukaï*, c'est un peu tout cela : ça tient du groupe, de la société, du club. C'est ainsi qu'on demande : Tu viens au *kukaï* la prochaine fois ?

Jacques Beccaria

À PROPOS DU HAÏKU

Pourquoi en vient-on, amateur d'écriture francophone du 21e siècle, à écrire ces courts poèmes nés dans le Japon du 17e ? Les rencontres sont mystérieuses, le désir obscur. On pourrait noircir des pages sans vraiment percer le mystère.

Le genre a pris son sens au Japon avec le poète Matsuo Bashô (1644-1694). Bashô dit : « Le *haïkaï*, c'est ce qui arrive, ici, à cet instant. » Son premier verset à la manière impressionniste est célèbre.

Sur une branche nue
un corbeau s'est posé
Soir d'automne (1)

Au cours des siècles suivants, plusieurs poètes (Chiyo Ni, Buson, Issa) portent le *haïkaï* à une singulière qualité. À la fin du 19e siècle, le *haïkaï* japonais se pratique collectivement, et généralement sous forme de poème enchaîné. Mais alors, le genre *haïkaï* commence à s'étioler. Masaoka Shiki, attiré par la littérature et les arts européens, propose une pratique du *haïkaï* plus personnelle. On écrirait un haïku (il propose le mot) comme on fait un croquis, c'est-à-dire un court poème comme totalité, se suffisant à lui-même. Et l'écriture serait plutôt une pratique individuelle. Atteint de tuberculose osseuse, Shiki meurt à 34 ans, en 1902. Sur sa tombe, on a écrit :

Cette pratique personnelle correspondait à la pratique de la poésie en Europe. Elle permit sans doute au haïku de parvenir jusqu'à nous au début du 20e siècle. C'est Paul-Louis Couchoud, à la suite d'un séjour au Japon, qui rapporte en France le genre dont il s'est épris là-bas. Le premier recueil de ces poèmes brefs imprimé à 30 exemplaires, a pour titre : *Au fil de l'eau.* Il s'agit d'un recueil collectif, écrit par Couchoud, Faure et Poncin au cours d'un voyage en péniche sur la Seine. Année 1905.

À Lyon, le Kukaï a commencé en 2007. Reprenant la pratique japonaise actuelle, chaque poète propose 3 haïkus personnels. Après un double copiage qui permet d'anonymer les poèmes, une lecture du groupe conduit à distinguer les textes les plus appréciés et à échanger autour de chaque texte. Ainsi, la pratique personnelle de l'écriture rejoint l'échange collectif. Et ces deux qualités : pratique personnelle et collective, nées à la rencontre entre le Japon et l'Europe, font tout le prix de ces réunions.

Séance du 15 novembre 2012

À partir d'un poème apprécié, dites ce qu'est pour vous un haïku.

Le haïku vient de très loin, du Japon du 17e siècle, 12 heures de France par avion, un vieux vieux vieux poème. Comment a-t-il atterri si loin de chez lui ? Que peut bien y chercher un poète français ?

Je pourrais vous dire :
j'aime sa concision ;
j'aime le fait qu'il ne dit presque rien ;
j'aime sa profondeur ;
j'aime qu'il porte encore, même après un siècle de vie francophone, un peu de parfum japonais ;

j'aime sa forme fixe 5-7-5, elle m'est devenue lentement familière ; elle a la qualité de réunir les poètes de haïku.

Bref, j'aime le haïku et voudrais partager avec vous celui-ci :

L'absente de tout
bouquet la voilà me dit
en se montrant l'aube

Il a été écrit par Jean Monod et publié dans l'*Anthologie du haïku en France*, éditions Aléas, 2003. C'est un art poétique, qui reprend l'expression du poète Stéphane Mallarmé, dans *Crise de vers* : « *Je dis : une fleur ! et, hors de l'oubli où ma voix relègue aucun contour, en tant que quelque chose d'autre que les calices sus, musicalement se lève, idée même et suave, l'absente de tous bouquets* ». Réalité et texte seraient donc mallarméennement inconciliables. Mais cette absence, dit Jean Monod, l'aube qui pointe me la montre. Et alors, l'absente de tout bouquet sur la page est éclairée par l'aube se montrant. Réalité et texte sont indissolublement liés. Dans une forme poétique d'origine japonaise, un poète français peut se livrer à un art poétique, en dialogue avec un poète français du passé, et justifier alors le caractère réaliste et irréaliste du haïku.

Jean Antonini

Le haïku m'emmène souvent dans de lointains souvenirs.

le goût des tomates
ses papilles s'en souviennent
quarante ans plus tard (3)

En le lisant, j'ai retrouvé le goût des tomates du jardin de mon grand-père.

Annie Reymond

Dans le vent
Au bout de son fil
L'araignée fait le singe (4)

En lisant un haïku, une image, une émotion arrivent : une promenade d'automne, le soir après dîner, je vois, je sens le vent. La forêt sombre dessine un écran sur un ciel clair. Un fil tremblant ondule, se balance comme un pendule, une fine peluche à pattes gigote. Où va-t-elle attacher le premier fil de sa toile ? Au matin, tout est étoilé.

Ce que j'aime dans le haïku, c'est ça : il est si court et peut faire rêver si longuement.

Catherine Guillot

J'aime le haïku lorsqu'il nous invite à vraiment voir et à nous réjouir plutôt que de regarder, des pensées plein la tête.

péage
un moineau dans la file
des poids lourds (5)

Patrick Chomier

Crépuscule de printemps
Auprès de l'étang –
Le silence des grenouilles (6)

Être là, maintenant, attentif aux êtres et aux choses. Simplicité, ouverture, bienveillance.

On voudrait fixer un instant unique, une expérience singulière, mais aussi universelle, retenir quelque chose de l'impermanence, de ce que la vie ne peut retenir. Beauté, calme, harmonie.

Le haïku, est-ce un rêve ? Est-ce un reflet de ce qui est ?

Ce matin d'octobre
Assis en zazen –
Même mon ombre est Bouddha (6)

Jacques Beccaria

avec patience
il reboutonne la veste
de son petit garçon

Une histoire est là, devant moi. Je ne l'ai pas cherchée ; je n'ai aucune imagination pour ça.
Je ne veux pas la magnifier, la rendre lisible, l'expliquer. C'est une image qui arrive en moi ; je la décris le plus objectivement possible. Elle m'atteint... peut-être aussi me fait-elle mal. À chacun son histoire. À chacun sa projection. Un vécu. Un instantané.... une image mentale. Sa richesse est dans l'imperfection du souvenir, dans l'éventuel oubli des détails, dans la joie, le drame, la fatigue de cette soirée.

Notre roman, l'histoire de notre vie n'est pas linéaire. Elle est rupture et enchaînements, elle est succession d'instants, d'émotions. Ces instants sont des flashes, pas toujours des tableaux clairs et faciles à déchiffrer. Leur force est leur existence. Notre force est la faculté que nous développons pour les faire resurgir.

Le haïku, pour moi, se situe ici, à la charnière entre le descriptif et le ressenti. Peut-être un bloc-notes émotionnel. Une façon de noter et de faire partager les impressions reçues l'espace d'un instant et qui, accumulées, nous constituent en partie. Sa richesse est dans cette simplicité-là.

Robert Gillouin

Comment décrire, comment écrire, au plus près de ses sensations, le fugace parfum, le frôlement d'une aile, l'inattendu spiralé du quotidien, les gracieuses épiphanies ou les cendres de l'indicible ?

Senteurs du jasmin –
il y a des soirs où la guerre
ne fait aucun bruit (7)

Danyel Borner

Séance du 15 novembre 2012 (suite)

À propos du fameux haïku de Bashô

Matsuo Bashô est considéré au Japon comme Victor Hugo l'est en France : le grand poète. Son exigence vis-à-vis de l'écriture l'a conduit à donner au genre haïku des qualités de simplicité et de profondeur, de fraîcheur et de diversité. Son poème le plus connu évoque le bruit que fait une grenouille en plongeant dans l'eau d'une mare.

furuike ya kawazu tobikomu mizu no oto (8)
vieille mare
une grenouille plonge
bruit de l'eau (8)

Une jeune mare, aucun intérêt pour un vieux poète japonais, courbé sur son bâton de marche. Il se sent en communion avec cette vieille mare, comme l'image de sa solitude au milieu de rien.

Du rien arrive une grenouille (normal, vers une mare) qui s'impose par le bruit qu'elle fait en vivant sa vie de grenouille C'est un retour au monde existant en dehors de lui, et ça le sort d'un certain marasme ; comme s'il se disait : « Pas d'attendrissement, le monde existe encore. »

Catherine Guillot

Je sais que ce haïku, par sa nouveauté, a fait une part de la fortune de Bashô, au Japon du 17e siècle. Ce poème est actuellement un des plus traduits dans de nombreuses langues de la planète. Des centaines de commentaires ont été écrits à propos de cette grenouille et de cette vieille mare.

Mais le poème m'impose une certaine distance ; je ne vois aucun mot auquel m'accrocher dans ces trois lignes... peut-être la vieille mare est-elle l'élément le plus sympathique à mon esprit. Étant vieille, elle est familière ; de ces mares qu'on voit dans les villages, en France, avec de minuscules feuilles vertes couvrant la surface de l'eau. À peine ai-je le temps de voir la grenouille, et ploc ! je suis surpris par le bruit. L'instant est sans autre émotion que la surprise, le haut-le-corps, dirais-je. Une émotion qui n'en est pas tout à fait une pour moi. Simple rappel à la réalité. Et je mesure ainsi la distance entre ce qui peut me toucher et ce qui peut toucher un Japonais. Nous sommes si différents ! Et cette différence m'attire, m'attire.

Jean Antonini

Je m'imagine le maître fixant cet instant après une longue, très longue méditation, des jours, des années, assis, observant, attentif.

Silence, dépouillement, tout se dessèche, tout dépérit, rien ne se passe, la mare se fige, la mort approche, et soudain, ce surgissement, cette rupture retentissante, ce retour à la vie : une éphémère grenouille nous plonge dans l'éternité.

Jacques Beccaria

Ce haïku est pour moi une icône, une transition, un moment décisif où un maître prend conscience du potentiel du genre.

Patrick Chomier

Depuis que je viens au Kukaï de Lyon (mon premier *kukaï*) j'entends régulièrement citer et re-citer ce poème dans des circonstances diverses et variées et je n'ai pas toujours compris pourquoi... citation Du Maître ? haïku de référence ?

Est-ce qu'une mare a un jour été jeune ? et cette grenouille qui plonge et qui replonge au fil des citations ? bruit de l'eau… mais faut-il chercher à comprendre ?

Annie Reymond

Existe-t-il un haïku ayant suscité de la part des poètes autant de versions ? Aussi bien des contemporains de Bashô le commentant que la pléthore de traductions partout dans le monde. Rien qu'en français on peut lire des tercets disparates, allant d'une fidélité de sens avec trop de mots aux inventions approximatives et fabrication de « béquilles » pour faire entrer le texte dans une artificielle et bien peu inspirée rigueur syllabique.

Comme si elle crachait
un nuage
la grenouille (9)

Voile de lune –
une grenouille
trouble l'eau et le ciel (10)

À force de fluidité
elle flotte –
la grenouille ! (11)

Tous accourent autour
du téléphone comme d'une mare
où plonge une grenouille (12)

Vieil étang
Ich liebe dich mein Frosch
Bruit de l'eau (13)

tranquille l'étang
de Bashô et sa grenouille –
le ploc des mots (14)

Vieil étang
le temps cependant
ne le ride pas (15)

Quelle que soit la glose, il est bien une chose qui demeure : le silence qui suit le « ploc ! » de la grenouille de Bashô est encore du Bashô !

Danyel Borner

Alors ça... les élèves *haïjin* en sont tout tourneboulés. Il paraît qu'il doit y avoir 5 syllabes, puis 7 syllabes, puis... 5.
Et là... ben non.
Il paraît qu'il doit y avoir un mot de saison...
Et là... ben non.
Oui, bon, certains diront que les grenouilles ne plongent que l'été. Je ne m'avoue pas convaincu.
Il est, paraît-il, de bon ton que notre haïku déclenche quelque peu l'émotion...
Et là... ben non.
La célébrité de ce tercet ne serait-elle due qu'à son coté provocateur ?
Mouillons donc la chemise pour faire mieux !

Robert Gillouin

Séance du 7 juin 2012

On choisit un haïku dans un livre et on le commente

une mésange
s'est posée sur le rebord
de la fenêtre (16)

Une phrase - sujet, verbe, complément - et la réalité entre dans l'imaginaire. La mésange est là, la fenêtre est là, et l'on peut se représenter tout ce que le poème ne dit pas. Le haïku est comme la pièce d'un puzzle que le lecteur peut reconstituer. Que s'est-il passé avant ? Que va-t-il se passer après ? Que fait le poète ? Où est-il ? Pourquoi écrit-il cela ? Le haïku est allusif, et pour cette raison même, les mots y prennent une charge particulière : mésange, rebord, fenêtre.

Jacques Beccaria

à la tombée de la nuit
les pétales du cerisier
s'éclairent peu à peu (17)

Ces trois lignes me rappellent les photos que l'on faisait tous les ans sous les branches couvertes de fleurs du cerisier. On était tous installés sur le petit mur du jardin au milieu des fleurs. Ma mère attendait notre plus beau sourire pour faire sortir le p'tit-oiseau. Pour être certaine qu'elle aurait au moins une photo réussie, elle en prenait plusieurs.

On a comme ça dans nos albums des séries de photos avec ou sans sourire, des photos pleines de fleurs de cerisier.

Nous, on était surtout impatients de voir tomber les pétales et on attendait que les cerises grossissent pour les manger.

Annie Reymond

pieds nus sous la pluie
elle pousse ses sacs alourdis
l'itinérante (18)

Il pleut des gouttes, des larmes, des sacs d'eau sur la route. Ses cheveux dégoulinent sur son manteau trempé. Elle est pluie, orage, temps qu'il fait. Un sac à dos très lourd use ses épaules. Son pas s'alourdit. Et puis, un rayon de soleil caresse son visage comme un arc-en-ciel et elle sait que les couleurs du temps vont changer. C'est son pas qui est lourd, collé à la boue des chemins.

Elle marche encore et toujours l'itinérante. Tous les chemins lui appartiennent.

Patricia Lechenne-Hedel

bonté des légumes
sourire et fruits tempérés
en caisse de Casino (19)

Étant fervent des supermarchés de centre-ville (Monoprix, Casino), ayant d'ailleurs organisé un stage d'écriture au Monoprix de la Croix-Rousse à la fin des années 80 (chacun devait faire une description de la poissonnerie, saisir une série de bruits intéressants, écrire un guide d'accès au supermarché ou la filature d'un ou d'une cliente ; pour cela, nous passions deux heures dans le magasin chaque jour), j'ai été immédiatement charmé par ce haïku.

« bonté des légumes ». Qui penserait à souligner cette qualité d'un légume, à faire penser au lecteur que ces légumes ont été cultivés par des maraîchers, non seulement pour gagner leur vie, mais aussi pour transmettre au consommateur leur attention à l'autre, leur propre bonté ; d'ailleurs, n'est-ce pas pour cette raison que les légumes du Casino sont bons ? J'apprécie ici le mot « Casino », qui vient de *casa* « maison », *casino* « petite maison », vendre de bons légumes dans sa petite maison ! ce haïku est à la fois intime et social. Allen Ginsberg a écrit dans *Howl* un magnifique poème dont le titre est « Un supermarché en Californie » :

« *Quelles pêches et quelles pénombres ! Des familles entières faisant leurs courses la nuit ! Des rayons pleins de maris ! Des épouses dans les avocats, des bébés dans les tomates ! - et toi, Garcia Lorca, que faisais-tu près des pastèques ?* »

L'association du sourire et des fruits tempérés (je suppose que ce sont des fruits de climat tempéré : pommes, poires, pêches) transmet l'aspect tempéré au sourire. Ça pourrait être : fruits et sourire tempéré. Il y a un côté presque surréaliste dans cette association comme dans celle de bonté et légumes, fruits et sourire tempérés ; et notez que toute cette surréalité bien tempérée a simplement lieu en caisse de Casino. Le poète villeurbannais Roland Tixier vit manifestement en totale exposition, si désœuvré que la bonté des légumes lui saute aux yeux.

bonté des légumes
sourire et fruits tempérés
en caisse de Casino

Jean Antonini

Nuit studieuse
au cercle de la lune
la lampe répond (20)

Il m'est souvent arrivé de travailler la nuit, entre trois et cinq heures du matin. C'est une période très spéciale : tout le monde dort. La famille, la ville, la nature… Tout est immobile.

La seule créature qui se meut encore à cette heure-ci est la lune. Elle supervise le lent travail de réflexion qui s'accomplit au sein de mon petit univers. Je ressens alors la lune comme une compagne et une présence tutélaire : elle veille sur moi, de façon diffuse, comme si sa réflexion soutenait la mienne…

Lumière pour lumière, cercle pour cercle, la lampe sous laquelle je place livres et cahiers dispense une lumière vive, mais dépourvue de présence. Nulle affectivité n'irrigue ce cercle. Mais il me donne le moyen de travailler en traçant sur ma table une surface de lumière claire, nette et stable.

La présence de ces deux cercles, l'un au ciel, l'autre sur terre, m'est essentielle pour me confier dans le travail…

Michèle Rodet

Des cerises dansent
aux oreilles des fillettes
déguisées en dames (21)

Ce haïku me donne une impression de légèreté liée au balancement de la marche des fillettes, fières d'arborer des pendentifs aux oreilles, des cerises. C'est le printemps et pour ces êtres jeunes, c'est le printemps de la vie.

Les fillettes ont le sentiment d'être « déguisées en dames », elles savent qu'elles sont encore petites et qu'elles portent ces boucles d'oreilles pour un moment seulement. Il s'agit d'un jeu plaisant. Le haïku capte bien un instantané de vie.

Pascale Drivon

(1) in *Fourmi sans ombre*, Maurice Coyaud, éd. Phébus, 1982
(2) Le mangeur de kakis qui aime les haïkus, éd. Moundarren, 2007
(3) Adena Franz, in *Regards de femmes*, éd. AFH & Adage, 2007
(4) Carole Mélançon, in *Regards de femmes*, Janick Belleau, éd. AFH & Adage, 2007
(5) Danièle Duteil, in *Seulement l'écho*, Dominique Chipot, La part commune, 2010
(6) Bertrand Agostini, in *Anthologie du haïku en France*, Jean Antonini, Aléas, 2003
(7) Salim Bellen, *L'échelle brisée*, éd. AFH, 2007
(8) in *Fourmi sans ombre*, Maurice Coyaud, éd. Phébus, 1982
(9) Kobayashi Issa, *Ora ga haru/Mon année de printemps*, éd. Defaut, 2006
(10) Yosa Buson, in *Haïku, Anthologie du poème court japonais*, Corinne Atlan et Zéno Bianu, Poésie/Gallimard, 2002
(11) Naitô Jôsô, *Haïku,* in *Anthologie du poème court japonais*, Corinne Atlan et Zéno Bianu, Poésie/Gallimard, 2002
(12) Jean Antonini, *Mon poème favori*, Aléas, 2007
(13) Danyel Borner et Jean Antonini, communication personnelle
(14) Josette Pellet, communication personnelle
(15) Salim Bellen, *Tierra de nadie*, éd. unicité, 2013
(16) Hervé Julien, *Un frisson dans l'herbe*, éd. Aubonheurdesmots, 2011
(17) Marie Barut, in *La valise entr'ouverte*, éd. unicité, 2010
(18) Micheline Beaudry, *Les couleurs du vent*, éd. David, 2004
(19) Roland Tixier, *Simples choses*, éd. Le pont du change, 2009
(20) Danièle Duteil, in *Trois feuilles sur la treille*, éd. L'iroli, 2012
(21) Danièle Duteil, communication de l'auteure

LE MOT DE SAISON

Le *haïkaï* japonais classique contient un mot de saison (*kigo*) : lune d'automne (la très grosse pleine lune de septembre, basse sur l'horizon) ; premiers froids ; aube du nouvel an ; fleur de prunier (les premières fleurs du printemps) ; quelle chaleur ! Ces expressions sont rassemblées dans des almanachs (*saïjiki*), présentés en cinq parties : Printemps, Été, Automne, Hiver, Nouvel an. Aujourd'hui, une sixième partie est souvent ajoutée : Après l'explosion nucléaire. Calendrier traditionnel, calendrier occidental, monde ancien et modernité, il n'est pas toujours aisé, dans notre langue, d'apprécier toutes les nuances de ces *kigos*.

Le groupe de poètes de Lyon essaie encore lui aussi, bon an, mal an, de suivre le rythme des saisons. Les séances reprennent vers la fin de septembre, pour s'achever au début de l'été. Un *kukaï* peut être proposé par l'un des animateurs au cours de chaque période de l'année, et c'est ainsi qu'en automne, en hiver, au printemps, en été, mais aussi pour le nouvel an, une séance sera consacrée à l'écriture de haïkus : on commence par mettre en commun des mots ou expressions qui évoquent le moment concerné, puis on tente d'écrire des poèmes en s'inspirant librement de cette liste.

Séance du 26 novembre 2009

Mots de saison proposés : brouillard, feuilles mortes, rouille, châtaigne, Vogue (fête foraine à Lyon), lumière grise.

Brouillard ce matin
j'ai l'impression que le froid
glisse dans mes chaussettes
Jean Antonini

Brouillard le matin
ramasser du bois mort
brouillard le soir
Patrick Chomier

Lumière grise
sur le fil
la lumière
Patricia Lechenne-Hedel

Patrick Chomier anime habituellement la première séance du mois de janvier, consacrée au nouvel an. À partir du *Grand Almanach poétique japonais* (traduction Alain Kervern, éd. Folle Avoine, 2008), il nous montre comment cette période est méticuleusement divisée dans la tradition japonaise.

D'abord, cette émotion qui saisit le cœur à l'aube d'un premier jour de l'année plein de promesse :
Shogatsu (Premier de l'an)

Nouvel an
Pas de brume dans les cœurs
malgré les nuages
Kyoriku

Premier de l'an
Devant les mêmes vagues blanches
ces deux vieux époux
Nobuko

Kozokotoshi (l'an passé, cette année) évoque le basculement de la fin d'une période au début de l'autre, dans l'instant.

Le vent
s'engouffre en moi
une année meurt, l'autre naît
Hoshû

Sur les feuilles de choux
de temps en temps
la neige de l'an passé
Shôhin

[...] Le troisième jour de l'an : *Mikka*, c'est le terme des fêtes de la saison, lourd de mélancolie.

Réclusion solitaire
au troisième jour de l'an
visage pensif
Keirô

La neige goutte à goutte
regarde fondre le jour
le troisième jour de l'an
Yôha

[...] Au septième jour (de l'an) : *Nanuka*, on prépare la bouillie de riz contenant sept plantes cueillies la veille.

Dans les champs de montagne
on allume des feux
au septième jour de l'an
Akira

Graines de sésame
crépitent et grillent
plaisir du septième jour
Harua

D'autres registres apparaissent : le premier paysage, le premier ciel ou encore le soleil du premier jour : *Hatsuhi.*

Lueurs du premier jour
d'abord les cimes puis le torrent
devant mon ermitage
Midorijo

Vers le premier soleil
sur mon tatami trottinant
un moineau
Ensa

Cette belle introduction a inspiré le groupe pour un *kukaï* de janvier.

Matin de neige
prisonnier dans mon igloo
je répare le frigo
Patrick Chomier, 2,5 points

Premier client de l'an
Bonjour, meilleurs vœux
et c'est reparti
Christian Lherbier, 2 points

Feu pâle du matin
à peine distingue-t-on
le Corail qui passe
Danyel Borner, 1,5 point

Matin de nouvel an
je range dans leurs boîtes rouges
les boules de Noël
Anne-Pascale Hinze, 1 point

Sous l'arbre pourri
même les cloportes
fêtent le nouvel an
Richard Bateman, 0,5 point

« Il n'y a plus de saisons ! » Derrière cette boutade souvent entendue dans le groupe, on perçoit toute la difficulté qu'on a aujourd'hui avec la « saison » : l'espace s'est ouvert, le temps aussi, les communications sont immédiates et le climat change. Les références à la saison en deviennent presque fictives. Ainsi, lors du dernier « *kukaï* de printemps » en mai 2013, les mots « vent, pluie, froid » auraient mieux convenu tant le printemps tardait. Et y aura-t-il encore des printemps ?

Après le marché
les confettis des tilleuls
sur le goudron noir
Danyel Borner, 5 points

Purée de pétales
Il patine et s'étale
sous le marronnier
Jean Antonini, 3 points

Bien entendu, l'usage du *kigo* dans un haïku en français n'est pas spontané. Le poète francophone vit plus souvent en ville, dans un environnement moderne, où la perception des saisons est moins essentielle qu'à la campagne.

Sur le pare-brise
La forêt en nénuphars
Essuie-glace en panne
Robert Gillouin

Dans ce poème, ni pare-brise, ni forêt, ni nénuphars, ni essuie-glace ne semblent être mot de saison. Le poème ne pourrait pas avoir lieu dans un désert, mais sur une route en forêt à n'importe quelle période de l'année.

Plusieurs écoles japonaises ont décidé d'abandonner le *kigo*. Les poètes japonais voyageant aussi, les mots de saison deviennent souvent inadaptés ailleurs. Aussi ont-ils tenté de définir des mots-clé sur des thèmes plus universels : noms de matière, de parties du corps, de groupes sociaux.

Par contre, certains haïkus en français semblent de vrais classiques japonais. Celui-ci, par exemple :

À côté de la cage à lapins
près d'un trognon de chou
les premières violettes
Anne-Pascale Hinze

L'expression « premières violettes » renvoie le lecteur vers la fin du mois de mars français. L'environnement décrit évoque davantage une cour de ferme qu'un immeuble dans une cité. Mais qui sait ? L'intérêt du mot de saison est finalement d'obliger le poète à une observation qui peut se montrer si fine qu'elle découpe le temps saisonnier en une multitude d'instants.

À ce jeu, les poètes japonais sont très forts. En matière de pluie, d'après Madoka Mayuzumi, quelque 440 expressions peuvent être utilisées : première bruine, pluie brumeuse (*kirishigure*), averses d'été (*samidare*), lune voilée par la pluie (*ugetsu*), etc. Le poète de haïku français est moins chanceux : davantage d'expressions sur les thèmes de l'amour, du vin, un peu moins pour les saisons. Ainsi reste-t-il à créer des *kigos*, pas seulement explicites comme « lune d'automne », mais aussi implicites.

Voici quelques poèmes avec des *kigos* français explicites :

Un matin de printemps –
Contente d'être réveillée
par des chants d'oiseaux
Catherine Guillot

Joli mois de mai
moucherons voletant –
j'enlève mes chaussettes
Patricia Lechenne-Hedel

C'est le 28 juin
Au parc de la Cerisaie
Enfin les vacances !
Jacques Beccaria

dernier jour d'été –
j'épingle au mur de l'entrée
les cartes postales
Annie Reymond

Incessant le bruit
de la souffleuse de feuilles
merci l'automne !
Robert Gillouin

La saison peut aussi être suggérée.

The new calendar
« Oui, maintenant je suis rousse ! »
dit la papetière
Danyel Borner

jardins suspendus –
graffiti et bourgeons
s'emmêlent
Robert Gillouin

petits pois tout frais
la jardinière de légumes
l'as-tu aimée ?
Pascale Drivon

Ce sont des *muki haïkus*, comme les appellent les poètes japonais. Ils ne présentent pas de *kigo*.

De bâillement en bâillement
ma journée
s'engloutit
Sandrine Delanoë

À cette vitesse-là, pas étonnant que les saisons disparaissent...

Le vent souffle
dans le local à poubelles
symphonie souterraine
Patrick Chomier

Sur le pas de la porte
dans le vieux béton
des empreintes de pieds
Anne-Pascale Hinze

Ces deux haïkus ont la ville pour décor, le vent y souffle sans trace de saison et le temps se mesure à une trace dans le béton...

Pour terminer ce chapitre, quelques haïkus de saison écrits pendant une année de *kukaï*.

Automne

Châtaigne grillée
la bouche frémit
à cette brûlure de farine
Pascale Drivon

Douceur dans ma gorge
chaleur dans mon corps
soupe au potimaron
Stéphanie Tralbant

Jour de l'An

L'an neuf, Mars est rouge
ah non ! c'était la veilleuse
du radiateur
Sam Cannarozzi

Deuxième neige
qui fait fondre la première
sous nos yeux meurtris
Robert Gillouin

Hiver

Verglas
transbahuter prudemment
un micro-ondes
Danyel Borner

la neige du balcon
des traces de pattes d'oiseau
noir sur blanc
Patricia Lechenne-Hedel

Printemps

Tant pis pour moi
Magnolia Grandiflora
déjà défleuri
Danyel Borner

Pique-nique à couvert
sans lac sans oies sans tilleuls
Orage de juin
Hélène Massip

La saison d'été manque toujours au *kukaï*, c'est le temps des vacances où chacun écrit de son côté ou n'écrit pas.

KIREJI « *YA* » CÉSURE

Définition

Le *kireji* (littéralement « mot qui coupe », en japonais) marque une césure dans le haïku. Les trois *kirejis* les plus courants sont *ya, keri, kana.*

1. *Ya* correspond à notre « ah ! » ou « oh ! » ou même le « ô » emphatique. Il peut aussi exprimer le doute, l'incertitude ou une question.

furuike **ya** *kawazu tobikomu mizu no oto*
vieille mare
une grenouille plonge
bruit de l'eau

Dans ce poème de Bashô très célèbre, le *kireji* « *ya* » à la fin du segment 1 indique que cette vieille mare est singulière et en même temps une sorte d'essence de tous les étangs : il va s'y passer quelque chose de singulier. Ce *ya* n'apparaît pas dans la traduction en français.

2. *Keri* montre que quelque chose est terminé et qu'on en ressent une certaine admiration ou de l'émotion. Dans ce poème de Buson :

ôyuki to nari ***keri*** *seki na tazashidoki*
Une grande chute de neige
juste quand ils ferment
les portes de la barrière

Le *kireji* « *keri* » divise le poème en deux : 9 syllabes, puis 8. Il n'est pas indiqué dans la traduction en français.

3. *Kana* indique généralement l'étonnement de l'auteur. Il est si courant qu'il en perd généralement son sens. Dans ce poème de Buson,

ochi kochi ni tachi no oto kiku wakaba ***kana***
Ici et là, écoutant
les cascades
jeune feuillage

le *kireji* n'a pas de signification précise, il n'est pas traduit.

Marques du *kireji*

Cependant, on s'efforce de l'indiquer dans un haïku en français, soit par des marques typographiques, soit par des marques lexicales.

1. La typographie. Selon l'importance que l'on souhaite donner à la coupe, on utilise le tiret, la majuscule ou l'espace.

Neige et frimas –
la ville ensorcelée
s'étend sous ses draps
Michèle Rodet

Place Bellecour
Un bonhomme de neige à cheval –
Même le Roi-Soleil
Jacques Beccaria

Les nuages blancs
roulent en boule de coton
– un taureau noir au loin
Denise Malod

Dans ces trois poèmes d'hiver, le tiret est placé à différents endroits, indiquant une césure forte dans le sens.

Pour une césure moins marquée, la majuscule de la ligne 3 de ce haïku :

Gel sur les trottoirs
gel sur ma brosse à dents
Soirs et matins
Jean Antonini

L'usage de l'espace est beaucoup plus rare.

Douze post-it sur la table
on peut oublier quelque chose
dit-elle   le printemps
Jean Antonini

2. Les marques lexicales utilisées sont des onomatopées ou des interjections.

Sur mon chapeau de jonc
plop !
c'était un camélia
Taneda Santôka/Atlan, Bianu

Grand frimas
gouttes froides sur les têtes
Ouf ! le vin chaud
Pascale Drivon

L'étincelle du haïku vient souvent de la césure, de la façon dont se coudoient deux propositions dans le poème. D'ailleurs, Bashô, le « père du *haïkaï* », relativisait les règles. Pour lui, l'absence de *kireji* dans le haïkaï n'était pas un obstacle. « N'importe quel mot peut jouer ce rôle » disait-il.

Premier jeu avec maître

Chacun doit écrire la troisième ligne

Un jour d'avril, Patrick Chomier apporte une corbeille remplie de haïkus de poètes japonais sur des petits papiers. Quelqu'un tire un poème, lit les deux première lignes. Rédaction ensuite de la troisième ligne.

Nuit de printemps
l'homme sans épouse
déambule

Nuit de printemps
l'homme sans épouse
fenêtre ouverte

Nuit de printemps
l'homme sans épouse
que lira-t-il ?
Masaoka Shiki

De retour
dans mon village natal
lotissements

De retour
dans mon village natal
je suis l'étranger

De retour
dans mon village natal
partout des lucioles
Santoka

les employés de banque
miroitent au matin
y a vraiment pas d'quoi

les employés de banque
miroitent au matin
lac et roseau gris

les employés de banque
miroitent au matin
tels des calamars
Kaneko Tôta

Nuit sans lune
dans le jardin
il se faufile

Nuit sans lune
dans le jardin
une fuite d'eau

Nuit sans lune
dans le jardin
juste le bruit des insectes
Ryokan

La césure sémantique

Au cours de cette séance, Jean Antonini distingue différentes sortes de césure dans le haïku, du point de vue du sens.

1. Une proposition réaliste suivie d'une réflexion

Couchant d'automne –
la solitude aussi
est une joie
Buson

Nuit sans lune
Redescendre dans la vallée
Est-ce bien nécessaire ?
Patrick Chomier

Éclipse de lune –
je regrette
ce haïku qui m'échappe
Toshio

Croissant de lune
je pense au temps qui file
si vite
Pascale Drivon

2. Une proposition réaliste suivie de l'expression d'un sentiment ou d'une sensation

J'ai tué une araignée –
Solitude
de la nuit froide
Masaoka Shiki

Un homme parle tout seul
je n'ose pas
le regarder
Robert Gillouin

Dans le goût mordant du radis
je sens
le vent d'automne
Matsuo Bashô

Brouillard ce matin
J'ai l'impression que le froid
glisse dans mes chaussettes
Jean Antonini

3. Une proposition réaliste suivie d'une proposition réaliste

Sources thermales –
la Voie lactée
sur les corps nus
Masaoka Shiki

Nuit d'hiver
Le téléphone a sonné
plusieurs fois
Pascale Drivon

Ondée printanière –
maman est sortie
laissant son miroir retourné
Madoka Mayuzumi

Cri de la chouette
il sort à tâtons
le nez dans l'herbe
Jocelyne Serre

4. Une proposition imaginaire suivie d'une proposition imaginaire

Suspendre la lune au pin –
la décrocher
pour mieux la contempler !
Hokushi

Quand la nuit s'en va
ailleurs, quelqu'un la voit-il
arriver
Jean Antonini

Petit matin, plop
dix heures, plop, midi, plop plop
le rosier explose
Danyel Borner

Posé sur une branche
se disant : N'oublie pas que
tu n'es pas oiseau
Jean Antonini

5. Deux réalités mises en relation

Sous la lune vivante
je dors
avec un mourant
Takako

Nuit noire
je regarde par la fenêtre
on ne voit rien
Jean Antonini

Pose ce livre là
Pose ta tête ici
Repose-toi
Denise Malod

Tous les chats
sont gris –
L'ennui
Patrick Chomier

Second jeu sans maître

Patrick Chomier a demandé au groupe de lui envoyer des lignes simples, avec l'indication suivante :
Ligne 1 : poser le cadre (5 syllabes)
Ligne 2 : évoquer un vécu ou l'émotion d'un vécu (7 syllabes)
Ligne 3 : (5 syllabes)

Au cours de la séance, trois cartes L1, L2, L3 sont tirées et constituent l'hypotexte, lu à haute voix. Ensuite, on écrit un haïku à partir de ce texte.

Hypotexte

un épervier plane
un cactus sans épine
lever de soleil

lever de soleil
au-dessus du jardin
je plane

un épervier plane
on ne peut pas toujours dire
que tout va mal

parmi les poubelles
quelques-uns qui crient : bonjour
lever de soleil

Hypotexte

pot de glu pinceau
le toit rouge de mon voisin
rayon de soleil

au milieu des ruines
le toit rouge de mon voisin
rayon de soleil
(hommage au peuple japonais après la catastrophe)

pot de glu mon voisin
un coup de pinceau l'efface
rayon de soleil

Dans « Signe ascendant », André Breton souligne que l'image analogique doit marquer « une tension vitale tournée au possible vers la santé, le plaisir, la quiétude, la grâce rendue, les usages consentis. Elle a pour ennemis mortels le dépréciatif et le dépressif ». N'est-ce pas là aussi l'esprit du haïku ?

Il conclut par cette anecdote : « Par bonté bouddhique, Bashô modifia un jour, avec ingéniosité, un haïkaï cruel composé par son humoristique disciple, Kikakou. Celui-ci ayant dit : "Une libellule rouge – arracher-lui les ailes – un piment", Bashô y substitua : "Un piment – mettez-lui des ailes – une libellule rouge." »

Hypotexte

cadavre de chien
parasols sur les terrasses
un bouquet de fleurs

soleil au zénith
pour le cadavre du chien
un bouquet de fleurs

cadavre de chien
petit matin sur la corniche
parasols fermés

vent d'automne
je n'arrive pas à composer
un bouquet de fleurs

Hypotexte

vitrine éclairée
à petit pas, il s'en va
sans homme, elle boit

vitrine éclairée
Amsterdam, lumière blafarde
sans homme, je bois

vitrine éclairée
assise sur le trottoir
sans homme, elle boit

Nos productions à partir de trois lignes tirées au hasard manifestent bien ces deux tendances naturelles :
mouvement vers le haut, mouvement vers le bas, relation bienveillante et relation négative, élévation ou déchéance. Il faut peu de choses – et peu de mots – pour que le poème bascule d'un côté ou de l'autre.

Tensaku

Il s'agit de proposer une troisième ligne différente pour un haïku que l'on souhaite améliorer. Le changement de cette troisième ligne crée alors une nouvelle césure.

Quel froid dit-elle
en remontant son cache-nez
autour de son cou
Patricia Lechenne-Hedel

Quel froid dit-elle
en remontant son cache-nez
– le tramway arrive
Kukaï de Lyon

Quel froid dit-elle
en remontant son cache-nez
et plof ! par terre
Kukaï de Lyon

J'ai failli sortir
finalement, je dors encore
neige verglacée
Robert Gillouin

J'ai failli sortir
finalement, je dors encore
Et alors !
Robert Gillouin

J'ai failli sortir
finalement, je dors encore
fièvre chez soi
Vincent Hoarau

La neige du balcon
des traces de pattes d'oiseau
noir sur blanc
Patricia Lechenne-Hedel

La neige du balcon
des traces de pattes d'oiseau
il est encore venu, le salaud
Robert Gillouin

La neige du balcon
des traces de pattes d'oiseau
Savourer le café
Jean Antonini

Givre
les volets sont coincés
c'est l'hiver
Patricia Lechenne-Hedel

Givre
les volets sont coincés
soudain la ville blanche !
Vincent Hoarau

Givre
les volets sont coincés
Marcel ! viens voir !
Jean Antonini

Dans ce dernier travail, les modifications du haïku de départ ont été plus importantes.

Dans la cheminée
le feu crépite
Et toujours frissonner
Christian Lherbier

Dans la cheminée
Le feu crépite et danse
Je brûle, je frissonne
Kukaï de Lyon

Le crépuscule
mord tôt dans l'après-midi
Blanc – mousse figée
Michèle Rodet

Le crépuscule
grignote mon après-midi
Maudite neige !
Kukaï de Lyon

Journée infernale
Longuement regarder cette femme
choyer son bébé
Vincent Hoarau

Transports urbains
Longuement regarder cette femme
choyer son bébé
Kukaï de Lyon

Journée infernale
Cette femme me regarde
choyer son bébé
Kukaï de Lyon

HAÏBUN ! HAÏBUN !

Nous étions devenus familiers de la lecture, de l'écriture de haïkus. Alors le *haïbun* est arrivé sur la table, puis sur nos pages blanches.

C'est quoi, un *haïbun* ? Un texte mêlant prose(s) et haïku(s) dans un ordre que chacun choisit selon son désir, son inspiration du moment.

Nous avons découvert deux fois les *haïbuns* ; il fallait au moins ça pour que nous acceptions d'ajouter de la prose à nos tercets : on pouvait écrire sans aller à la ligne, sans se demander où mettre des majuscules, si on allait trouver le bon endroit pour le *kireji* ou si même on allait en mettre un !

Même menu pour nos deux découvertes : définition, lecture de *haïbuns*, discussion et questions croisées sur le genre, moment d'écriture sans thème imposé.

Premier soir : apprentissage pas à pas en s'appuyant sur des textes tirés de livres

Proposition 1 : Chacun choisit un court texte en prose parmi les échantillons proposés (textes de Clarice Lispector, Marguerite Duras). À partir du texte en prose, on écrit un ou plusieurs haïkus pour en faire un *haïbun*.

MAL DE MUSÉE

Je ne peux pas appeler autrement cette douleur qui ne me vient que lorsque je parcours des musées. À peine je commence à marcher et à m'arrêter devant les tableaux que je sens la douleur dans l'épaule gauche, c'est toujours la même. J'aimerais savoir de quoi il s'agit. Une douleur due à l'émotion ?

La muse amusée
me regarde
au fond du cœur

Clarice Lispector / Annie Reymond

Trouville pourtant il y avait la plage, la mer, les immensités de ciels, de sables. Et c'était ça, ici, la solitude. C'est à Trouville que j'ai regardé la mer jusqu'au rien. Trouville c'est une solitude de ma vie entière. J'ai encore cette solitude, là, imprenable, autour de moi. Des fois je ferme les portes, je coupe le téléphone, je coupe ma voix , je ne veux plus rien.

Imprenable la mer
ne répond pas au téléphone
Oreilles ensablées

Me coupant la vue
ton vieux téléphone marin
Solitude Orange

Et c'était ça
La voix de ma vie entière
La Plage ou Rien

Trouville change
ma solitude enrouée
La porte crisse

Marguerite Duras / Marie-Thérèse Peyrin

Une mer de sable
De tout petits grains
Me ferment les yeux

Je suis plongée dans le sommeil. Et même si cela paraît contradictoire, doucement soudain le plaisir d'être en train de dormir me réveille en sursaut dans la même douceur. Je suis réveillée et je sens encore le goût de cette zone rurale ou souterrainement je propageais de mes racines les tentacules d'un rêve.

Se laissant porter
Une méduse aux longs fils
Jusqu'aux petits cailloux
Clarice Lispector / Catherine Guillot

Proposition 2 : On choisit dans un livre un ou plusieurs haïkus (Jeanne Painchaud, Gilles Brulet) et on écrit un texte en prose pour en faire un *haïbun*.

il veut passer la nuit
avec moi
le papillon de nuit

m'a-t-elle écrit, et j'ai aussitôt envisagé le pire. Elle est tombée amoureuse d'un bombyx, ces grands papillons qui portent sur le thorax une tache noire en forme de tête de mort. Elle est tellement blonde ! Elle l'a séduit dans l'instant, c'est sûr ! Et dans le lit, la bête a certainement été désorientée. Elle est si exigeante, elle aime le poison et la vélocité.

regarder les nuages
les sentir glisser profondément
en soi
Jeanne Painchaud /Jean Antonini

Un café près du métro. Deux hommes, deux tables, deux croissants.

Rafales de vent
Impossible de lire
La page météo

Après le petit déjeuner, la petite promenade, les yeux sur les chaussures. Petite entrée du parc, chacun avait voulu que l'autre passe en premier, avant de prendre deux chemins différents. Cette fin d'automne leur avait donné envie de jouer aux échecs, avec les pièces géantes posées au bord de l'échiquier brun et beige.

Jeu de cartes
Le vent retourne
La dame de cœur
Gilles Brulet / Catherine Guillot

Mister Aïe Boum, voulant devenir écrivain subventionné, prit ses quartiers non loin de l'Hôtel de Ville. La notoriété des étoiles, dans la nuit bleue des lampadaires, prit ombrage de cette concurrence déloyale.

L'arbre très penché
Au vieux tronc tout torsadé
paraît increvable

S'il suffisait (Monsieur !) de s'installer près des quais pour faire bombance mondaine et allégeance à Bashô ou à Victor Hugo, ça se saurait ! Nul n'est poète à son profit et Photoshop n'y est pour rien !

Se fier à son nez
Au rayon des cosmétiques
pour magasiner

Vous qui mangez du pain, buvez du vin et écrivez des livres… Faites donc des Formations !

Hervé Julien / *Diane Descôteaux* / Marie-Thérèse Peyrin

Fidèle à son coin
compagne de mes humeurs
l'araignée

Du coup je suis montée à pied. Encore une fois l'ascenseur est bloqué quelque part dans les étages.

Arrivée dans mon 5e, je ferme la porte derrière moi, je bois un grand verre d'eau et me poste devant la fenêtre.

Inclinaisons mauves
Le soleil arrondit les champs
paresse de mars

Annie Reymond/*Anne-Lise Blanchard*

Proposition 3 : On compose un *haïbun* complet : 10 à 15 lignes de prose et un ou plusieurs haïkus.

Merde ! J'ai oublié de rappeler ce client, il faut que je tombe sur lui, c'est pas de bol... Il faut que je pense à lui dire de mettre un peu d'argent sur ce compte et la télé qui ne marche pas. Je ne verrai pas cette émission avec Michel Onfray c'est fou tous ces gens qui ont un avis sur lui, sur son travail sans jamais l'avoir lu… oh zut j'ai oublié de donner à manger aux chattes… non je ne me lève pas… si ça gèle demain, le tuyau dehors va geler… rude… c'est quoi ce bruit dans la cuisine…

Pensées parasites
Ne pas trouver le sommeil
Longue est la nuit
Christian Lherbier

Un autre soir, nous engageons un travail sur le « lien »

Dans la prose, il y a les points, les virgules, et ça, on connaît ! Mais l'articulation entre prose et haïku n'est pas si facile, il ne faut ni juxtaposition, ni reprise entre ces éléments de forme différente : comme le *haïga* ou le *renga*, le *haïbun* met en jeu un travail de liaison/déplacement entre prose et haïku, avec des liens subtils. Nous avons travaillé à partir des éléments fournis par Luce Pelletier, dans *Chou Hibou Haïku*, chapitre 9 : Le *renku*.

À noter que nous avions changé de lieu, du quai du Rhône, nous étions passés à une bibliothèque, place Croix-Paquet.

1. *Mono-zuke* (lien par l'objet) ou *kotoba-zuke* (lien par le mot)

Haïbun	liens
Il murmure quelques mots. Je ne comprends pas ses paroles. La neige brille. On s'y enfonce à mi-mollets. Sur les pentes raides on décrypte des traces – vision de courses	

fugitives, aériennes, des chevreuils, peut-être. Le gel maintient sur les branches vert sombre des manchons de neige et des herses luisantes. En sortant de la forêt, on perd le chemin. Un vaste dôme nu, l'air de rien, comme si trois pas suffisaient pour atteindre la crête. Le vent trimbale des tourbillons glacés. Nous ne parlons plus. S'arrêter ? Si près du but ? Un pas, plus un pas… Remonter l'écharpe sur les oreilles douloureuses. Soudain, la vue s'ouvre sur le Massif de l'Oisans. Ciel bleu vif, vallée emplie de nuages mobiles. Petites gifles du vent, encore. Et la falaise abrupte d'où on ne peut pas s'envoler.

trimbale / *vent débridé*

oreilles douloureuses / *mes oreilles*

Vent débridé
comme si mes oreilles étaient
des coquillages

Hélène Massip / *Hélène Boissé*

Tombée de la nuit
La rue du Griffon s'anime
Seul dans mes pensées

On avait trouvé un nouveau lieu de réunion. Chacun s'y rendait au crépuscule, par les ruelles, les traboules, les escaliers. On s'y retrouvait à huit, douze, quatorze, pour griffonner, pour échanger des mots.

Tombée de la nuit / crépuscule

Griffon / griffonner

Seul / huit, douze, quatorze

Jacques Beccaria

Aujourd'hui, le Kukaï se réunit dans une nouvelle salle. Elle est située entre le début de la montée Saint-Sébastien et le jardin Croix-Paquet. Tout autour de nous, des étagères pleines de livres. De jour, la salle est très claire, mais il fait déjà nuit à 19 h 30 et les fenêtres sont obscures. Derrière les vitres s'élève un grand marronnier, sans une seule feuille pour l'instant.

salle claire /
haïkus clairs

feuilles du marronnier /
feuilles rectangulaires

Écrire en silence
sur des feuilles rectangulaires
des haïkus clairs
Jean Antonini

2. *Imu-zuke* (lien par le sens) ou *kokoro-zuke* (lien par le « cœur »

Main dans la main, à pas lents, ensemble ils traversent la place. Aller jusqu'à la boulangerie, acheter la baguette de midi, c'est leur promenade du matin. Et revenir jusqu'à leur porte. On les voit tous les jours faire le même chemin, les deux vieux (sauf le lundi parce que la boulangerie est fermée, mais ça c'est une autre partie de l'histoire).

deux vieux /
deux pigeons gris

promenade du matin /
arpentent le square

Dodelinant
de la tête deux pigeons gris
arpentent le square
Annie Reymond / *Pascal Quéro*

Le mont Fuji
émerge seul
des feuillages nouveaux

Ah ! ce mont Fuji ! Quand le verrai-je enfin autrement qu'en poésie, en peinture ou en photographie ? Quand le verrai-je enfin ?

mont Fuji / Quand le verrai-je ?

Buson / Jacques Beccaria

Tous autour du berceau, des fleurs à la main, la larme à l'œil.

Au premier cri, c'est l'extase…

cri / silence

« Regarde comme il est beau, ce qu'il ressemble à la mère, à son père, ses frères et ses sœurs, au facteur ! »

Autour de lui, on chuchote, on sourit discrètement, on se déplace en silence. Le bébé dort.

berceau / enseveli

Première rose jetée
le vieillard enseveli
tous autour en silence
Christian Lherbier

3. Liens plus subtils que nous sommes prêts à explorer

utsuri-zuke	transfert de sens
hibiki-zuke	réverbération, écho
hashiri-zuke	association
nioi-zuke	atmosphère, parfum
omokage	allusion au passé historique ou littéraire
keiki	lien avec le décor, le cadre

Le murmure du caniveau descend la rue.

Je le suis, les yeux presque fermés, je suis son chemin débordant de mégots, de plastique de bonbons et de papiers décolorés.

rue / cloison

Un obstacle, une terrasse de café, un détour. Derrière les vitres un couple assis me suit des yeux. Juste après, je l'aperçois : l'aveugle est là, toujours à l'angle de la rue, exactement à la même place qu'en octobre.

aveugle / cloison

Geisha en peine
fermée sur l'automne
cloison de papier blanc
Catherine Guillot

Voici qui est inattendu, le rideau métallique est descendu : porte close, local fermé. Manifestement, l'équipe du CEDRATS a oublié qu'elle nous offre l'hospitalité ce jeudi. Sur la peinture grise du rideau, un large tag orange.

Plusieurs membres de notre groupe attendent déjà devant la porte. Ils se parlent, mais la rumeur de la ville recouvre leur voix.

Dans les arbres
à l'entour, le vent s'en vient
le vent s'en va

Nous nous saluons, visages souriants. De légères plaisanteries fusent, histoire d'apaiser un peu l'émotion des retrouvailles.

Plus de salle pour nous héberger. Où allons-nous nous réfugier pour écrire ? Un café ? Pourquoi pas… Du moins aurons-nous une table où poser nos carnets, un toit pour nous abriter.

On laisse un message pour renseigner les retardataires. De crainte que le vent ne l'emporte, on va jusqu'à le taguer sur le tag en dépit du regard courroucé d'un passant.

On dévale la colline en échangeant des nouvelles, par petites grappes indisciplinées…

Porte close /
ses ailes

Au Moulin joli
attend le grain à moudre –
coupées, ses ailes

Quoique nous ayons aménagé un espace bien à nous dans une salle à l'écart – huit tables rapprochées pour dix chaises – la radio déverse sans relâche ses ondes braillardes… Mais nous ne faisons qu'une bouchée de ce flux parasite ! Que peut-il face à la densité de notre silence et au murmure qui coule de nos plumes ?

ondes braillardes /
éclat de lune /

Aucune adversité /
coupées, ses ailes

Sur leur visage
un souffle de lumière –
éclat de lune

Aucune adversité ne peut stopper notre élan, ni nous forcer à renoncer.

Michèle Rodet

Hortensias. Ils ne sentent rien mais ils sont mes premiers souvenirs olfactifs. Boules blanches et roses, bleues ou violines s'épanouissant au matin, gorgées de rosée. Éponges après l'orage du soir. Ce même parfum d'eau et de terre, le plus suave que je connaisse, parle à mes sens depuis que j'observais à quatre pattes avant de savoir marcher cette haie de pompons fiers dans le jardin de ma grand-mère.

hortensias /
tulipe

savoir marcher /
tombé

Deux ans, déjà. De la fenêtre de la cuisine, L... me surprenait à contempler rêveusement ce bataillon échevelé après la tempête. « Je préfère le rosier jaune et le laurier rose » me disait-elle... Pourtant elle savait que les jours d'orage me titillaient particulièrement les sens.

la terre me manque /
mes baskets

Mon pigeonnier est parfait, l'horizon est plus vaste, mais la terre me manque.

Pétale de tulipe
fraîchement tombé de la tige
dans mes baskets

Danyel Borner / *Micheline Beaudry*

IMAGE ET HAÏKU

Peu à peu
mes poumons se teignent en bleu –
voyage en mer
Shinoara Hôsaku

Matin d'été –
la brume vient
en forme de chaussure
Yotsuya Ryu

Deux images – là les poumons et le voyage en mer, ici la brume et la chaussure – composent souvent le haïku et délimitent une césure, une rupture de point de vue ; les poètes japonais parlent de vide : de l'absence de sens surgit un sens nouveau.

On retrouve ce « vide » dans des pratiques artistiques mêlant des médias différents. Le *haïga*, par exemple, associe sur la page dessin et poème calligraphié, laissant une part importante au blanc. Cette part non signifiante laisse l'imaginaire du lecteur créer le lien entre les deux genres en présence. Au Japon, dès la fin du 8e siècle, on ajoutait souvent à une peinture un ou plusieurs poèmes. Au 17e siècle, vers la même époque que le *haïkaï*, apparaît le *haïga*. Aujourd'hui, le haïku a essaimé sur tous les continents, et on pratique aussi le photo-haïku, à l'aide de logiciels numériques pour le traitement d'image.

Cet art de joindre deux genres différents autour d'un

« vide » n'est pas traditionnel en Europe. Chez Lamartine, Flaubert, Zola, Proust (19e et début 20e siècle), l'écrivain dédie son travail à un genre unique (roman, poème) avec l'intention d'atteindre une écriture originale. Le mélange des genres est alors perçu comme un signe de faiblesse artistique. Mais cette recherche de singularité va trouver ses limites après la Seconde Guerre mondiale. La multiplication des médias : photo, vidéo, BD, collages... conduira les écrivains à des formes composées. Le jeu entre l'écrit et la photo, par exemple, va élargir les qualités de la création.

Dans notre groupe, deux personnes particulièrement intéressées par la prise de vue nous ont proposé des travaux d'écriture à partir de clichés, et un travail de composition. Le même instantané du regard s'exprime dans la photo et dans le haïku. Leur mise en page se réalise avec les techniques numériques. Dans le photo-haïku, on cherche à créer un sens nouveau issu de la juxtaposition – résonance et non illustration. Ce travail ouvre à de nombreuses recherches : mêler une image préexistante à un poème, l'utiliser comme déclencheur d'écriture, etc…

Première séance

Nous découvrons les photos en noir et blanc d'Elliott Erwitt apportées par Danyel Borner et nous écrivons des haïkus. (Pour des raisons de droits de reproduction iconographique, nous ne pouvons publier les photos et renvoyons le lecteur à l'album *ELLIOTT ERWITT*, Photographies 1946 – 1988, Nathan Image, 1988, aux pages indiquées.)

sur les pavés mouillés
après la pluie – lentement
les cirés léopards
Annie Reymond (photo p. 234)

deux gants de travail
au repos sur le même fil
doigts croisés
Hélène Massip (photo p. 247)

Sur le lit défait
un chat cherche sa place
Bruit du tramway
Catherine Guillot (photo p. 164)

Deuxième séance

Robert Gillouin apporte trois photos :

Dans un premier temps, chacun écrit un haïku, avec la photo sous les yeux.

Photo 1

Fin de vie –
la douceur quand même
au fond de ses yeux
Robert Gillouin

Photo 2

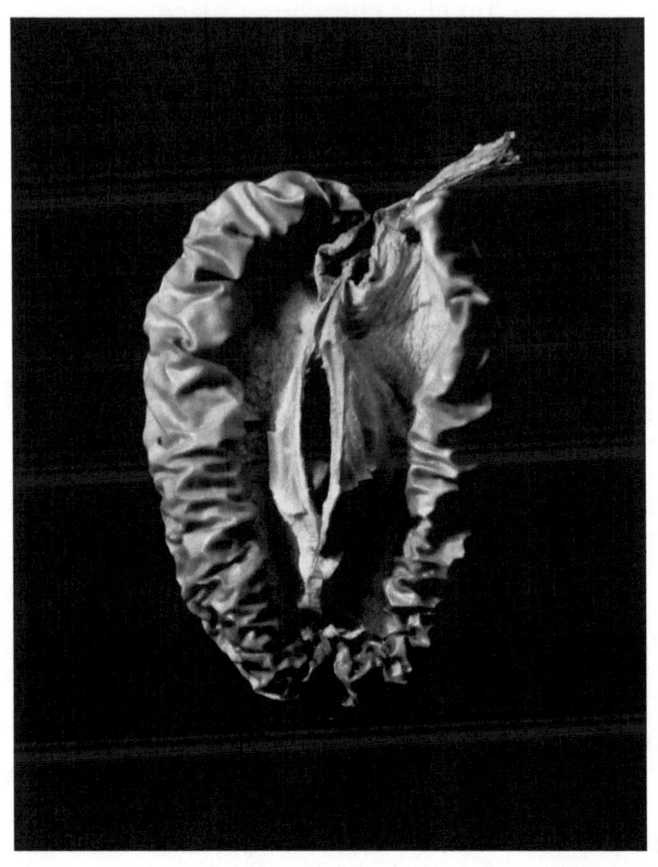

Grand-mère disait :
« Les hommes sont tous des salauds »
J'avais sept ans
Jean Antonini

Fente si charnue
trouble désir ridé
vieille mon amie
Anne-Pascale Hinze

Photo 3

corps alangui
attend –
le premier rayon de soleil
Patricia Lechenne-Hedel

Après lecture des textes obtenus, nous échangeons librement, pour tenter de mettre à jour les « raisons » qui ont pu nous pousser à écrire ces mots-là... plutôt que d'autres.

La discussion permet d'évoquer trois sujets : la féminité, la vieillesse, la mort.

Le désir de « dire quelque chose » autour du féminin se ressent à l'évidence. Les mots font à la fois appel à la douceur (douce, femme, peau, éclat, désir, amie, charnue), et à des thèmes plus graves (rides, fente, dessèchement, vieille, fin de vie).

L'ambiguïté, suscitée par l'image, apparaît très nettement lors de nos discussions :

« cette photo est très charnelle, elle évoque quelque chose de pas trop choquant.

— expression de la sensualité et de la mort. Présence des principes d'Eros et Thanatos ;

— les mots juxtaposés « trouble désir ridé » bousculent la syntaxe et résument bien cette gêne ;

— volonté de relater la mort sans morbidité ni angoisse... considérer la mort comme l'opposé de la naissance, et non comme l'opposé de la vie. »

Ces images ont mené à des textes proches des représentations, ou bien assez éloignés par pudeur ou rejet. Maintenant, à chacun de tenter une mise en forme graphique de son haïku qui soit la plus proche possible de l'émotion ressentie en écrivant.

Nous commentons le travail réalisé par Robert Gillouin (documents 2a et 2b) :

2a

2b

Les critiques fusent : sur 2a, la ligne 1 « FIN DE VIE » semble trop importante, le haïku perd sa discrétion en tentant de s'adapter aux dimensions de l'image, ne tient pas compte d'une éventuelle mise en page du sens. Le texte semble plaqué et surtout adapté au format A4, avec l'objet photographié glissé entre deux lignes.

En prenant la photo dans le sens paysage (voir ci-dessous), et rompant ainsi la verticalité de la pomme ratatinée, le type de textes induits aurait pu changer : la verticalité amène d'une certaine manière l'anthropomorphisme trouvé dans beaucoup de textes.

Sur 2b, l'égrènement des mots sur le fond noir et l'utilisation de caractères différents est une recherche plastique de la notion d'« histoire », de « temps passé ». La discrétion du haïku est mieux traduite par la taille plus petite des lettres. Mais, le texte étendu à la surface d'ensemble devient difficile à lire. La chute sur « Blanche Neige » est bien perceptible.

Nous jetons un coup d'œil sur le travail de Jean Antonini, même photo :

Grand-mère disait :
" Les hommes sont tous des salauds "
J'avais sept ans

celui de Catherine Guillot à partir de la photo 1 :

Et nous commentons celui de Patricia Lechenne-Hedel sur la photo 3 :

Elle propose un travail qui a semblé à tous intéressant :

- séparation de la photo et du texte, aussi lisibles l'une et l'autre ;
- taille de photo équivalente à taille de texte, donc importance mutuelle respectée ;
- alignement du texte sur les lignes verticales de la photo (extrémités du banc) indiquant un lien entre les deux ;
- type de caractère choisi en fonction du sens du poème.

Tous remarquent que le vide de cette photo induit des textes de type narratif, avec l'ajout d'une présence humaine, et d'une action éventuelle. Même remarque pour les photos 1 et 2.

En conclusion, plusieurs constats : les textes écrits dépendent beaucoup des photos proposées. Les photos 1 et 2, assez « noires », évoquant des périodes extrêmes de la vie, n'étaient pas favorables à la saisie de l'instant du haïku. « Trop de temps » pour le haïku dans ces photos.

Pour la photo 3, le vide qu'elle montre (banc inoccupé, espace entre banc et pot) suscite une impression d'artifice, ainsi que la mise en page de deux formes presque géométriques : le rectangle du banc, la forme sphérique du pot de fleurs. Cette impression d'artifice n'est pas non plus favorable à l'esprit du haïku, qui a besoin d'un lien avec une situation réelle.

Finalement, le groupe n'a pas été tout à fait convaincu par l'expérience.

Troisième séance (*haïbun*) :

Nous disons ce que nous avons ressenti devant l'image choisie et comment nous en sommes venus à écrire le poème.

J'ai eu mon anniversaire. Je suis maintenant officiellement vieille. J'ai 65 ans. Parfois, j'ai l'impression d'être plus vieille encore. Mal au dos, peur de tomber, etc. Je ne veux pas penser à la mort, vieillir me débecte et je ressens toujours une sorte de stupéfaction à l'idée d'être vieille. Là-dessus, une photo : pomme desséchée, juste avant la pourriture, si ridée, si racornie qu'on ne pense plus à la manger. C'est le comble, ne pas manger une pomme !

Moi non plus, plus personne ne songerait à me déguster. La vieillesse m'a saisie et me ratatine de plus en plus.

Fente si charnue
Trouble désir ridé
Vieille, mon amie
Anne-Pascale Hinze, photo 2

Devant cette image qui présente, sur fond noir, une belle grosse pomme charnue et une toute petite pomme complètement ratatinée, je tente de résister à l'idée qui me semble imposée : jeunesse et vieillesse. Je ne veux pas être manipulé par le photographe qui a réalisé cette photo. Et je veux écrire un haïku qui n'évoque pas ce thème. Mais, comment faire ? comment parler d'autre chose ? de quoi ?

Sur le fond noir, la grosse pomme ronde m'évoque la Lune. La Lune est une source de lumière secondaire. Elle reflète la lumière du soleil, comme la pomme reflète celle du projecteur éclairant la scène. Après des études de physique et chimie, et divers métiers, j'ai enseigné la physique à des étudiants en arts appliqués. De ce point de vue, la photo m'apparaît différente. Je vois deux fruits qui reflètent la lumière, de façon très immédiate pour l'un, plus complexe pour l'autre.

Selon les surfaces
la lumière ne se reflète pas
de la même façon
Jean Antonini, photo 1

Quatrième séance

C'est aussi la dernière que nous tenons dans les locaux des éditions Aléas. Les pièces sont pleines de cartons de livres prêts pour déménager. Pas de chauffage. Nous nous réfugions dans une petite salle, bien serrés, avec nos manteaux.

Danyel Borner montre le photo-haïku qu'il a réalisé à Roanne, au bord de la Loire, après une animation à la Médiathèque.

Il a apporté des photocopies de clichés en noir et blanc réalisés à Marseille et nous propose de « réécrire la cité ». Il s'agit de modifier les textes présents sur les panneaux, les murs, les façades pour donner un sens nouveau à l'ensemble photo-texte.

Sainte-Françoise
traverse dans les clous –
L'hiver au panier
Danyel Borner

Première marche, ici
Tenez-vous à la main courante
À l'arrivée, lâchez !
Christian Lherbier

Le temps s'est couvert
La nuit tombe sur l'hôtel –
J'ôte mes lunettes
Jacques Beccaria

Âme à vendre
Maison hantée
Pas de téléphone
Jocelyne Serre

Ne mettez pas vos papiers
dans la piscine –
Boîte à lettres
Catherine Guillot

Élection présidentielle
Liberté Égalité
Chute de pierres
Patrick Chomier

ENTRE JAPONAIS ET FRANÇAIS

par Jean Antonini

La langue japonaise

Amateurs de haïku, nous avons découvert le court poème japonais sans connaître un mot de la langue japonaise. Grâce à *Fourmis sans ombre*, l'anthologie de Maurice Coyaud, nous avons lu des haïkus de Bashô, Chiyo ni, Kikaku, Issa, Buson, Shiki, et les autres. Sans doute avons-nous lu aussi pas mal de poèmes japonais traduits en anglais, puis traduits en français. À la lecture, nous avons été saisis par la grâce de ce court poème, au point de vouloir en composer nous-mêmes.

Nous avons écrit des courts poèmes en français, des pages de courts poèmes. Nous les appelions « haïku », mais nos amis japonisants disaient : « Ce sont de courts poèmes français, pas des haïkus, des mini-poèmes, non des haïkus. Il est très difficile pour un étranger de saisir le haïku, de le comprendre. »

Malgré les sévères amis japonisants, nous avons continué à écrire de courts poèmes dont nous espérions qu'ils s'approchaient de l'esprit des haïkus japonais. Et nous n'étions pas seuls à le faire : des poètes allemands, des poètes hollandais, des poètes anglais, des poètes espagnols, grecs, bulgares, américains, chinois, marocains, écrivaient eux aussi des haïkus. Ils organisaient des festivals au cours desquels nous avons entendu lire des poèmes courts en japonais, en anglais, en néerlandais, en français, en espagnol, en bulgare, en italien. Et certes, chaque poème lu semblait différent dans sa langue, mais chacun d'entre nous avait beaucoup lu sur le haïku, sur la forme 5-7-5, sur le mot de saison (*kigo*), sur la césure (*kireji*), sur la légèreté du poème (*karumi*), sur l'association de deux images dans le poème (*toriawase*) ; et grâce à toutes ces connaissances, grâce au fait que le haïku est un poème si court, une forme fixe assez simple à première vue, nous avions l'impression d'être rassemblés autour de ce genre, de contribuer à son évolution, à son avenir.

Les poètes de haïku venus du Japon nous encourageaient à écrire des courts poèmes : « Le haïku a besoin de se renouveler. Le Japon est trop petit pour le haïku,
aujourd'hui. Écrivez des haïkus dans votre pays ! » Nous avons continué à écrire. Et la langue japonaise nous restait toujours inconnue.

Du japonais au français

Les caractères japonais, *kanji*, *hiragana*, *katakana* sont illisibles pour qui ne les connait pas. Un Européen ne peut lire le japonais que lorsqu'il est transcrit en *romaji*, c'est-à-dire en caractères latins. Le célèbre poème de Matsuo Bashô :

furuike ya kawazu tobikomu mizu no oto

nous pouvons le lire en *romaji*, comme ici, mais pas lorsqu'il est écrit en *hiragana* et en *kanji*. Nous connaissons les sonorités de la langue japonaise par le cinéma. Nous avons été étonnés d'entendre des sonorités violentes dans les films de Kurosawa, des sonorités douces dans les films de Ozu. Au cours de lectures, à Lyon, à Londres, à Gand, nous avons entendu des Japonais lire des haïkus, et nous avions l'impression d'entendre un original inaccessible pour nous.

En moi, secrètement, le désir de connaître cette langue a grandi. J'ai découvert un petit dictionnaire japonais-français, avec transcription en caractères latins, Librairie You Feng, Paris. Avec ce dictionnaire, j'ai tenté de « traduire en français » des haïkus écrits en *romaji*. C'était souvent impossible parce que le mot japonais en *romaji* n'y apparaissait pas. J'ai appelé à l'aide une amie japonaise, elle m'a apporté les éléments lexicaux qui manquaient, et les références culturelles, qui manquaient.

J'ai voulu lire les sons, reconnaître certains mots japonais ; j'ai découvert *haha*, le mot « mère » ; *no*, le mot « de » ; *oto*, le mot « son ». Et j'ai souhaité faire toucher cette langue aux amis qui apprécient le poème japonais, d'abord au festival de haïku à Lyon, en 2010, ensuite au groupe du kukaï en 2013.

Le connu, l'inconnu

Parmi les personnes qui ont participé à ces séances « Du japonais au français », plusieurs ont dit : « Ce n'est pas de la traduction que nous faisons. Nous ignorons tout de cette langue. Nous nous adonnons simplement à une réécriture : à partir des mots du poème en *romaji*, de leur traduction en français, on tente d'imaginer un sens au poème, de composer un poème en français.

kanbare no nige mo kakure mo dekinu sora

Madoka Mayuzumi

Haïkus du temps présent, Picquier, 2012

Il ne s'agissait pas de traduire des poèmes d'une langue que nous ne connaissions pas en français, mais simplement d'aborder cette langue, de la manipuler, même de façon ludique.

Nous craignons souvent de ne pas être spécialistes, nous ne sommes pas spécialistes de la langue japonaise, nous ne sommes pas spécialistes de la langue française, nous ne sommes pas spécialistes de la poésie. Mais si nous réfléchissons bien, de quoi est spécialiste un poète ? De ses poèmes ? Des poèmes qu'il a lus ? De sa propre relation avec le monde, avec le langage ?

Quand huit traducteurs du japonais traduisent un poème, eux aussi obtiennent huit versions différentes en français. Le passage d'une langue à une autre, pour un court poème plein d'échos, de sens, de références cachés, est particulièrement délicat. Il existe du *furuike ya*, de Bashô, plusieurs dizaines de versions différentes en français.

Une vieille mare
Une raine en vol plongeant
et le bruit de l'eau
Sieffert, tentative pour respecter le 5-7-5

Paix du vieil étang
Une grenouille y plonge
un « ploc » dans l'eau
Nicolas Bouvier

Vénérable étang
Rainette plonge
bruit de l'eau
Alain Kervern

Ah ! le vieil étang
Une grenouille y plonge –
le bruit de l'eau
Joan Titus-Carmel

Le vieil étang
Une grenouille plonge
le bruit de l'eau
Koumiko Muraoka et Fouad El-Etr

Vieil étang –
Au plongeon d'une grenouille
l'eau se brise
Corinne Atlan et Zéno Bianu

Le vieil étang
Du plongeon d'une grenouille
le bruit dans l'eau
Cheng Wing fun et Hervé Collet

Vieille mare –
Une grenouille plonge
bruit de l'eau
Philippe Costa

Les lecteurs japonais eux-mêmes ne lisent sans doute pas le poème de la même façon, ne l'entendent pas de la même façon. Mais en pratiquant ce passage d'une langue inconnue à notre langue maternelle, nous nous sommes appropriés d'une certaine manière le poème japonais, nous en avons fait une lecture, nous lui avons donné un sens, le sens du poème en français. Ainsi, nous avons exploré l'inconnu, ce qui échappera toujours entre deux langues, entre un auteur et un lecteur. Comme le dit la romancière brésilienne Clarice Lispector : « Comprendre est toujours limité. Mais ne pas comprendre peut être sans frontières. Je sens que je suis bien plus complète lorsque je ne comprends pas. »

Pratique

Le pari de l'atelier de traduction proposé est de trouver assez de points de contact pour restituer ce qu'on croit condensé dans les trois vers. Une fois donnés les outils nécessaires à reconnaître chaque mot et sa fonction, les versions réalisées ont donné autant de variantes que de traducteurs. La richesse de l'incompréhension nourrit l'imaginaire.

Objectif : à partir de la transcription en *romaji* d'un haïku japonais et la traduction des mots japonais en français, il s'agit d'établir une version du haïku en français.

kanbare no nige mo kakure mo dekinu sora

Madoka Mayuzumi

Haïkus du temps présent, Picquier, 2012

kanbare no sora	ciel bleu d'hiver
nige	fuir
kakure	se cacher
mo	aussi, A *mo* B *mo* signifie A et B également. Avec un mot de négation ceci devient ni A ni B
dekinu	être possible, *nu* indique une négation donc être incapable

sora ciel

Voici les versions obtenues :

Impossible au ciel
de fuir ou de se cacher
Bleu de froid
Armelle Chitrit

Bleu de l'hiver
Il ne peut fuir ni se cacher
Le ciel
Jacques Beccaria

Ciel bleu glacé
fuir (ou) se cacher
impossible
Jean Antonini

Hiver –
ne fuit ni ne se cache
le bleu du ciel
Danyel Borner

Bleu d'hiver
ni fuir ni se cacher
Ciel impossible
Christian Lherbier

Ni cachette, ni fuite
immobilisé par le froid
le ciel bleu d'hiver
Catherine Guillot

sous le ciel bleu glacé
fuir se cacher
est impossible
Pascale Drivon

Traduction de l'édition originale

sous le ciel bleu glacé
impossible de fuir
ou de se cacher

Corinne Atlan

nigaki ne no hayasa o udegumi shi taru haru

Niji Fuyuno

Haïku sans frontières, éditions David, 1998

nigaki	amer
ne	racine
hayasa	la rapidité, la vitesse
o	indique l'objet direct d'un verbe transitif
udegumishi	se croiser les bras
taru	un auxiliaire de verbe, qui ajoute au verbe (se croiser les bras) le sens de passé composé (avoir croisé les bras) Ce groupe verbal qualifie le mot *haru*
haru	printemps

Printemps bras croisés –
Irruption de racines
amères

Patrick Chomier

La racine amère
vite croît et croise
les bras du printemps

Danyel Borner

Le printemps
a bien vite croisé les bras
des racines amères

Armelle Chitrit

Vitesse des racines amères
le printemps
les bras croisés

Jean Antonini

racine amère de la vitesse
au printemps je me suis
croisé les bras.

Pascale Drivon

Les racines amères
Freinées dans leur élan –
Printemps
Jacques Beccaria

Racines amères
du temps qui passe
Christian Lherbier

Vagues de racines amères
Restés les bras croisés
au printemps...
Catherine Guillot

Traduction de l'édition originale

Le printemps réfléchit
les bras croisés
sur la vitesse des racines amères
Niji Fuyuno et André Duhaime

ashi wa te wa shina ni nokoshite futatabi nihon ni
Santôka Taneda
Haïku sans frontières, éditions David, 1998

ashi	jambe
wa	*wa* sert à mettre en lumière le/les mot(s), dans la phrase, doit/doivent en être l'intérêt principal
te	bras, main
shina	Chine
ni	en
nokoshite/noko	restées/rester
futatabi	de nouveau
nihon	Japon
ni	Ce *ni* construit avec des verbes tels que aller, venir, retourner, etc., indique un mouvement orienté vers un but, dans le cas présent, « au Japon »

Bras et jambes
laissées en Chine
de retour au Japon
Jean Antonini

Ah, ces jambes !
De la Chine
au Japon
Danyel Borner

Bras et jambes
restés en Chine
de nouveau retournés au Japon
Christian Lherbier

Tant de bras, tant de jambes
en Chine sont restés
retour au Japon
Catherine Guillot

jambes et bras
restés en Chine
retourné au Japon
Pascale Drivon

Traduction de l'édition originale

Laissant mains et jambes
en Chine
les soldats reviennent au Japon
Makoto Kemmoku et Alain Kervern

PRATIQUE COLLECTIVE

Renku, Tan renga, Rengay

La pratique collective de la poésie s'est développée au Japon depuis le 11e siècle. Il s'agit, au cours d'une réunion festive ou d'un concours, d'écrire un poème enchaîné à plusieurs.

La forme de chaque strophe est fixe. C'est généralement celle du *tanka* : 5-7-5 et 7-7. D'une strophe à l'autre on applique un principe de lien et d'indépendance qui permet d'obtenir une homogénéité locale et une évolution globale du poème.

Renga ou *renku*

Poème lié, en japonais, il peut présenter un nombre plus ou moins élevé de versets (5-7-5 ou 7-7), entre 12 et 100. La longueur la plus couramment pratiquée au Japon, à l'époque de Bashô, était le *kasen*, de 36 versets. La forme comprenant 12 versets s'appelle *juniku*. Elle a été proposée par un poète japonais en 1989 et permet d'écrire le *renku* en une soirée de deux ou trois heures.

Le *juniku* ci-dessous a été écrit à la séance du 8 avril 2010, par Jean Antonini, Patrick Chomier, Danyel Borner et Hélène Massip.

Bourgeons prêts à tout
arbre dans un sac en plastique
– début du printemps *(ja)*

Sachets planant dans le vent
du pollen pour les cyclistes *(db)*

Ta lettre envoyée
au dernier courrier du soir
Un quai déserté *(hm)*

Lune affublée de haillons
au-delà de l'arbre jaune *(hm)*

Semis de brindilles –
Là, sur un tapis doré
une belle surprise *(db)*

Grain de sa peau affolant
Ses cheveux   des petites ailes *(ja)*

Trente-septième mouette
pluie de sable entre mes doigts
j'attends *(db)*

Mon hamac oscille mmh mmh
oscille sous la lune d'été *(pc)*

43 degrés
sur la place des Quinconces
le goudron ressue *(pc)*

On imagine sous la terre
les racines des marronniers *(ja)*

Jonquilles fatiguées
3 bouquets pour le prix d'1 –
Non, merci ! *(db)*

Éméché je rentre chez moi
sous les giboulées de mars *(ja/pc)*

On peut repérer les mots qui font lien d'un verset à l'autre : *sac en plastique... sachets planant... lettre... déserté... lune... arbre jaune... tapis doré... grain de sa peau... pluie de sable... Mon hamac... été... 43 degrés... goudron... sous la terre... jonquilles... giboulées de mars*. Au fil de ces liens, on est passé du printemps au printemps. Le poème a ainsi évolué.

Le *renku* est soumis à des règles strictes : apparition de telle saison, de la lune, de l'amour, à tel et tel verset.

Ces règles permettent d'obtenir un poème global qui présente une certaine tenue (cf. *Chou hibou haïku*, Alter éditions, 2011, chapitre 9).

Aujourd'hui, le *renku* se pratique plutôt par échange de courriels, sous la direction d'un maître (en japonais, le *sabakite*). Cependant, comme notre temps n'est pas toujours dédié à la poésie, les formes plus courtes que le *kasen* (36 versets) sont désormais employées plus souvent.

Le *tan renga*

C'est une forme de poème enchaîné du Japon ancien. Elle se pratique à deux. Sa structure est 5-7-5 et 7-7. L'un propose la première partie et l'autre répond.

Nous avons pratiqué le *tan renga* sur le thème « oiseaux » à la séance du 20 mai 2010. Puis avons réalisé un *tanrengakaï* (le nombre de points obtenus est indiqué en fin de poème).

piou piou piou piou piou
l'asticot gigote encore
et disparaît
Deux ailes battent la mesure
ombre rouge sur le figuier
Christian Lherbier-Danyel Borner (3 points)

pique, pique du bec
la huppe rouge hérissée –
le silence
Sa tête tourne de tous côtés
quelques pas et il s'envole
Danyel Borner-Christian Lherbier (2,5 points)

Le sais-tu, corbeau
tu es le symbole du poète
mais tu as des ailes
Seul dans mon ermitage
je bois une coupe de saké
Jean Antonini-Patrick Chomier (2,5 points)

Un moineau
sautille derrière la tondeuse
matin de printemps
le prendre dans le creux de la main
lui prendre de sa chaleur
Patrick Chomier-Christian Lherbier (1,5 point)

En haut du platane
il s'égosille gosille
voitures trop bruyantes
La tronçonneuse est prête
sur le trottoir la benne attend
Catherine Guillot-Robert Gillouin (1 point)

En bas de la haie
un nid des œufs des petits
course de tracteurs
Le perdant devra manger
une omelette de 40 œufs
Catherine Guillot-Jean Antonini (1 point)

La mare a des vagues
le canard du vague à l'âme
Je rafraîchis mes pieds
Offrir une petite mousse
à mes orteils, c'est le printemps
Catherine Guillot-Danyel Borner (1 point)

Calligraphie contemporaine
un merle a chié
sur le portail
Plus aucun grincement
trois prisonniers évadés
Patrick Chomier-Catherine Guillot (1 point)

Avec une paille bébé
aspire un nuage blanc
Cris des martinets
Dans le ciel une fée
nimbée de brume et de rosée
Jean Antonini-Robert Gillouin (1 point)

Travaux d'approche
le faucon hésite
la gerboise sait
Sur le canapé, fasciné
verre de blanc et comté
Danyel Borner-Jean Antonini (1 point)

Ton regard sur lui
ses ailes brassent le ciel bleu
Où irons-nous ?
La mer encore loin devant
la terre toujours incertaine
Jean Antonini-Christian Lherbier (1 point)

Le *rengay*

Forme courte de *renga* qu'on doit au poète californien Garry Gay (1992), le *rengay* ne développe qu'un seul thème sur six versets. Le sujet change à chaque strophe, permettant d'enrichir le poème. On peut le pratiquer à deux (A et B) ou à trois (A, B et C). Selon le cas, la structure du poème est : ABABAB ou ABCACB.

Voici deux exemples écrits à deux ou à trois à partir de photos d'Elliott Erwitt sur des canevas établis par Danyel Borner.

Rengay écrit respectivement par Armelle Chitrit (A) et Patrick Chomier (B)

Ta silhouette
éclaire le jour vertical
Plissement de falaises *(A)*

Tous debout
Mis à nu *(B)*

Tête ronde
dans l'œil
néon blême *(A)*

Tous les bandits
ne sont pas manchots
ma vieille *(B)*

Couronne de fleurs bleues
La pluie s'accordéonne *(A)*

Il serait grand temps
de passer à la couleur
Dear Elliott *(B)*

Rengay écrit par Hélène Massip (A), Michèle Rodet (B)
et Patricia Roullé.(C)

La lumière –
Entre ciel et mer, un trait
une aile *(A)*

Filets tendus sur la plage
Trop d'heures de beach-volley *(B)*

Nous sommes partis
à l'hôtel essayer
la position allongée *(C)*

Bouteille de blanc
Rascasse sur le muret –
pas si fraîche *(A)*

Trois doigts joints dans l'embrasure
Derrière la porte, le silence *(C)*

Comme des voiles
la toile des chaises longues
Soir de septembre *(B)*

Rengay sur le thème « marché » par Patrick Chomier (A) et Jacques Beccaria (B)

Nonchalamment je marche
Avec mon cabas –
Début de printemps *(A)*

La Saône est belle aujourd'hui
Je traverse le marché *(B)*

Une tête enfouie
Dans la barbe à papa
Me dévisage *(A)*

Du poulet rôti
Jusqu'au poisson frais
Y aura-t-il des cerises ? (B)

Mon ami d'enfance oh !
Déjà une canne à la main *(A)*

On range les cageots
Moi je rentre à la maison
Avec mes radis *(B)*

Sur le même thème, Armelle Chitrit (A) et Danyel Borner (B)

Des fleurs en dentelle
se serrent comme des sardines
sous le soleil haut *(A)*

Accordéon diatonique
musique du cœur, aucun couac *(B)*

Un petit garçon
les yeux et les joues ronds –
chair brillante des fraises *(A)*

Mamie Rose
sa grande capeline oscille
frêle, prête à tomber *(B)*

Le pain d'hier est moins cher
je vous dois encore deux francs *(A)*

Petits sous perdus
au milieu des épluchures –
une pie sautille *(B)*

Et voici quatre *rengays* écrits à trois sur le thème « port » (la règle n’est pas toujours respectée).

Michèle Rodet (A), Christian Moncel (B), Annie Reymond (C)

Le soleil, le vent –
les vapeurs vont et viennent
à quai la foule *(A)*

Un jeune enfant court et tombe
il pleure, sa mère accourt *(B)*

Retour des bateaux
les mouettes affamées jouent
avec l'arc-en-ciel *(C)*

Couchant gris rose –
tout au long de la jetée
des pêcheurs, encore *(A)*

La pluie clapote sur l'eau
sur le feu la friture *(C)*

Un chat s'approche –
En soufflant comme un phoque
le cuisinier le chasse *(B)*

Jean Antonini (A), Armelle Chitrit (B), Anne-Pascale Hinze (C)

Dans l'autocar
un chauve sentant l'after-shave
Port de la Nouvelle *(A)*

L'orangé mêle à l'orage
le gris du quai mouillé *(B)*

Bateaux bateaux bateaux
marché encombré du port
oursins à l'étal *(C)*

Dans un casier de pêche
un écureuil tient une coquille
devant ses yeux noisette *(B)*

Crevettes vives dans les flaques
Attention ! La marée monte *(C)*

Embarquement à 17 h 00
Poin Poin Poin sirène du ferry
en queue de poisson *(A)*

Vincent Hoarau (A), Robert Gillouin (B) Jacques Beccaria (C)

fracas des vagues –
un pêcheur brandit en criant
des zourites froids *(A)*

assis sur le quai il pense
à l'instant de l'effleurement *(B)*

au soleil couchant
un homme quitte le port
debout sur son bateau *(C)*

cent années de mer –
une barque délavée
rentre à Bras-Panon *(A)*

le cygne sans un regard
glisse le long du voilier *(C)*

bateau à quai
le vent
est tombé *(B)*

Patricia Roullé (A), Catherine Guillot (B), Christian Lherbier (C)

Entrée du chenal
Ba cy rouge Tri co vert *
Dernier jour d'été *(A)*

**Babord cylindre rouge / Tribord cône vert*

Chaises de métal brûlant
sur la jetée vide *(B)*

Trois barques se balancent
Tables vides des restos
et touristes indécis *(B)*

Mouettes, rats à l'affût
Foule nonchalante sur le quai
clapotis de l'eau *(C)*

Flaques d'huile dans l'eau noire du port
Sardines grillées, doigts luisants *(C)*

Prévisions météo
À la capitainerie
Demain les cirés *(A)*

Ce dernier *rengay* a été écrit à trois sur le thème « Lyon, ombres et lumières ».

Patricia Lechenne-Hedel (A), Robert Gillouin (B), Jean Antonini (C)

Porte cochère
un petit chien blanc aboie
– Traboule des Voraces *(A)*

À l'ombre du soupirail
la soie de sa robe noire *(B)*

Casino Croix-Rousse
sourire de la caissière
Où est ma carte ? *(B)*

Clignotent au vent
incisions lumineuses
d'une colline à l'autre *(A)*

Sous les platanes quai Tilsit
comme des rois républicains *(C)*

Sauter dans l'eau noire
c'est comme ça qu'on se suicide
Brrr... Embrasse-moi ! *(C)*

Autre exemple : ce *juniku* a été écrit à huit sur une feuille qui passait de l'un à l'autre.
Jean Antonini, Richard Bateman, Danyel Borner, Patrick Chomier, Sandrine Delanoë, Catherine Guillot, Christian Lherbier, Denise Malod

Lunes de saison

Hiver, ça gèle dur
glace noire sur l'étang
les cailloux glissent sur la surface *(rb)*

Un pas après un pas, la tête dans les images
vol de cormoran au-dessus du pont *(sd)*

Rougeurs sur tes joues
comme les feuilles de l'acacia
la lune aussi boit *(pc)*

À la fenêtre, elle demande :
mes fesses, tu n'les trouves pas grosses ? *(ja)*

Au-dessus des pins très jaunes
très ronde la lune prie
et se moque de nous *(cg)*

La main enveloppant l'air
il soupèse les absences *(cl)*

Un souffle
akènes volatiles –
fraîcheur d'automne *(db)*

Envols d'oiseaux migrateurs
disparition de saison *(dm)*

Saut dans le vide
étreintes, draps tordus, caresses échangées
trente mille générations *(rb)*

Jambes à l'air, épaules nues
croient encore à l'été *(sd)*

La radio grésille
fourchettes et couteaux cliquettent
la vie qui s'écoule *(pc)*

On r'viendra dit mon père
les jours ont rallongé *(ja)*

TABLE DES MATIÈRES

Achevé d'imprimer par Corlet Numérique - 14110 Condé-sur-Noireau
N° d'Imprimeur : 141789 - Septembre 2017 - Imprimé en France